ほねほねザウルス
ティラノ・ベビー、おおぞらをとぶ！

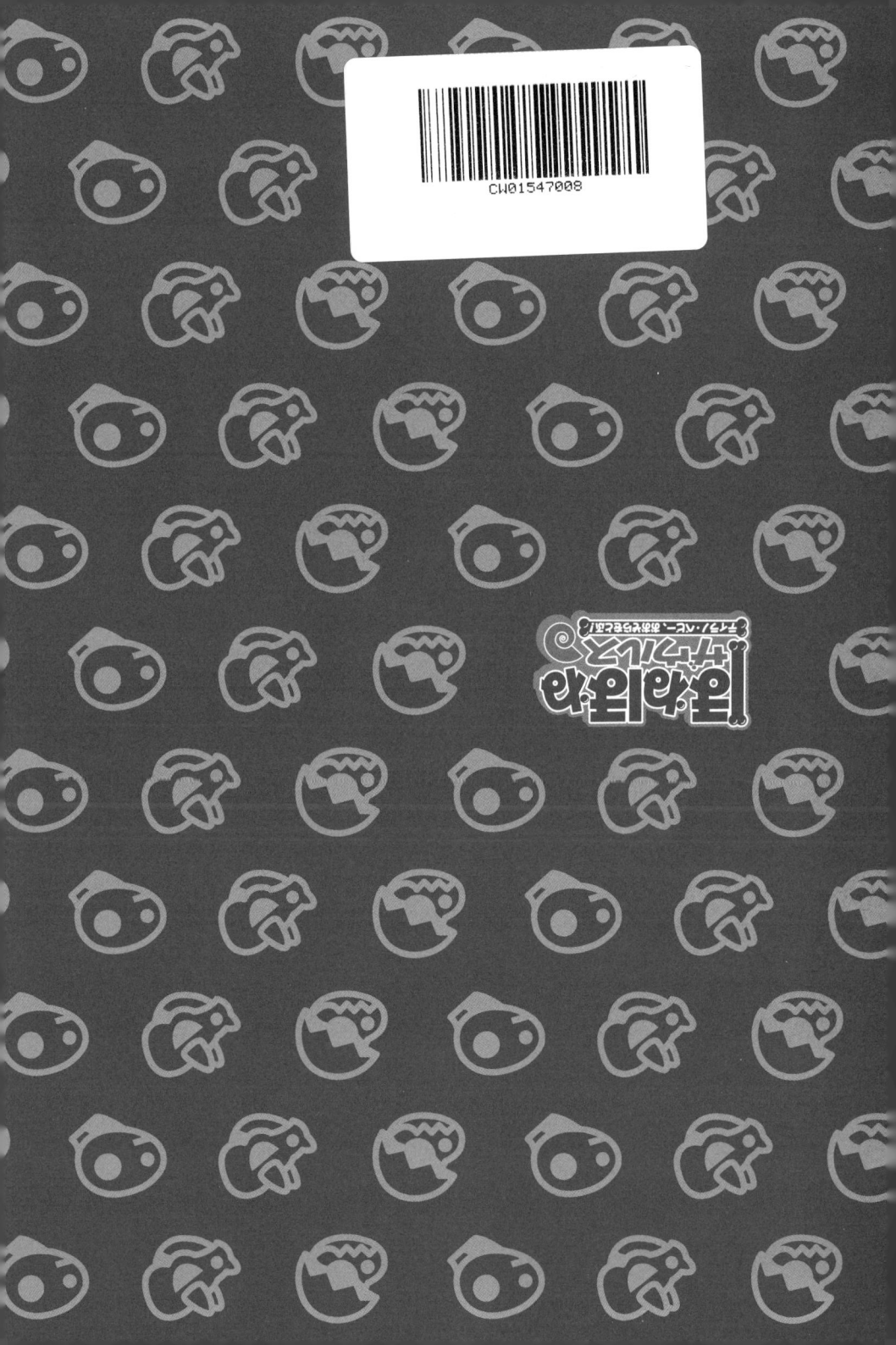

ほねほねザウルス
ティラノ・ベビー、おおぞらをとぶ！

ぐるーぷ・アンモナイツ　作・絵

岩崎書店

第1話

火《ひ》の鳥《とり》、あらわる！

ティラノサウルスのベビー、
トリケラトプスのトップス、
ステゴサウルスのゴンちゃんは、
ぼうけんが大《だい》すきな
ほねほねザウルスの子《こ》どもです。

その日《ひ》、いつものように、
家《いえ》のちかくでなかよく
あそんでいた二人《さんにん》は、
すごいものを見《み》ました。

それは、全身《ぜんしん》が炎《ほのお》につつまれた大《おお》きな鳥《とり》が、空《そら》を真《ま》っ赤《か》にそめてとぶすがたでした。
その鳥《とり》は、地上《ちじょう》でおどろいているベビーたちに気《き》づくこともなく、あっというまに、とおくにとびさっていきました。

す、すごかったな!!
あんなのはじめて見《み》たよ！あの鳥《とり》はなに!?
わからない！おとうさんにきいてみよう!!

ベビーのおとうさんは、世界中《せかいじゅう》をたびしているぼうけんかです。
おとうさんなら、あの鳥《とり》のことをなにかしっているかもしれない。
そう思《おも》ったベビーは、いそいで家《いえ》にかえったのでした。

おとうさん！
たいへんだよ!!
？

ところが、おとうさんはそのとき、おきゃくさんと話《はなし》をしていたのです。

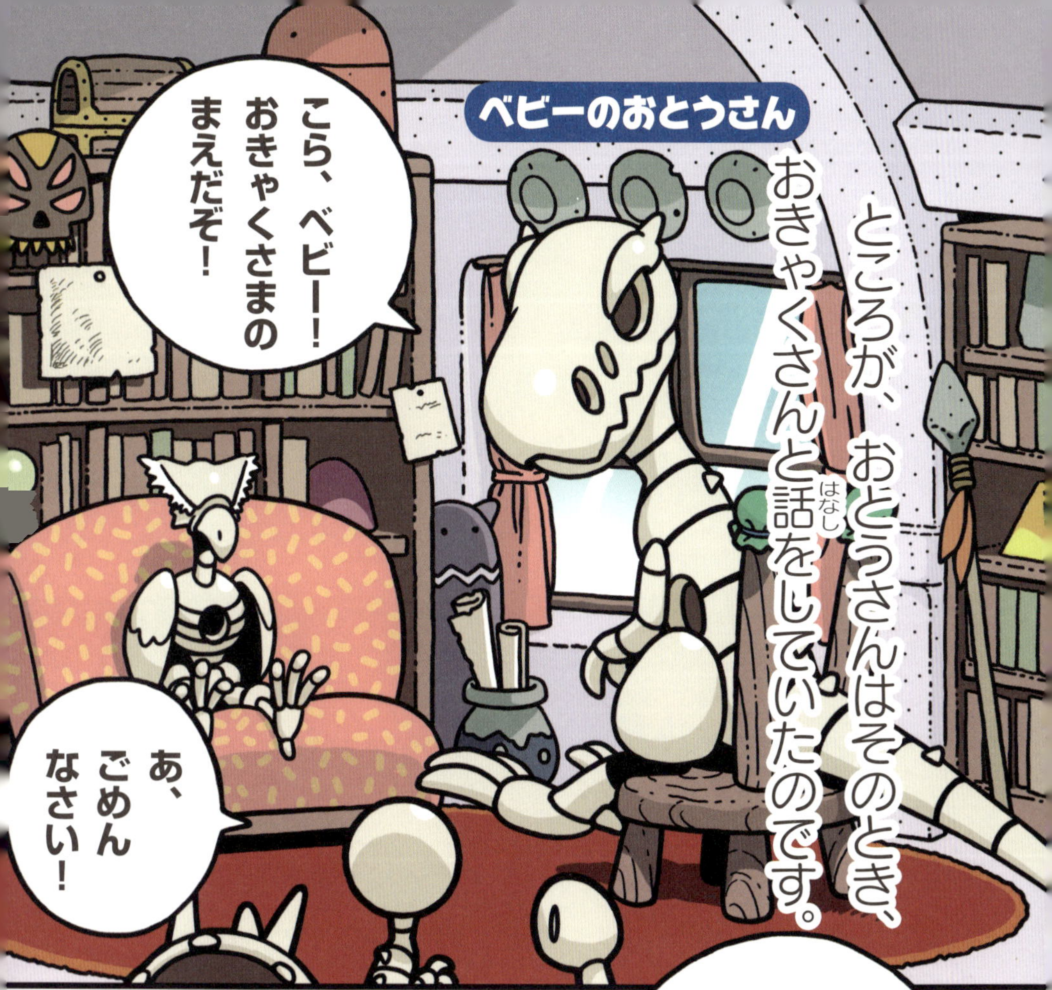

「わたしとワッシー村長《そんちょう》は、
むかしからのしりあいなんだ」

「はじめまして！」
ベビーたちは、元気《げんき》よく
ワッシーにあいさつしました。

「それより、なにが
そんなにたいへんなんだ？」

「うん、ついさっき、
全身《ぜんしん》がもえている大《おお》きな鳥《とり》が、
空《そら》をとんでいたんだ！」

なんだって!!
えっ？
それは本当《ほんとう》か!?
ババ
い、いや、そんなにコーフンしなくても…

「その鳥《とり》は、まだ外《そと》にいるのか？」

「いや、もうとおくにとんでいっちゃったけど……」

「そ、そうか……」

ワッシーは、それをきいて、がっくりと肩《かた》をおとしました。

「おとうさんは、あの鳥《とり》のことをしってるの？」

「ああ。ベビーたちが見《み》たのは、ほねほねフェニックスだ！」

ほねほねフェニックス!?
そうだ。そして、ワッシー村長《そんちょう》がここにきたのも、そのほねほねフェニックスについて相談《そうだん》があるからなんだ！

ワッシーは、
ベビーたちにも
くわしい話《はなし》を
きかせてくれ
ました。

ほねほねフェニックスは、
バサバサ村《むら》にある
クスクス山《やま》という山《やま》に
すんでいる鳥《とり》で、ワシら
ほねほねイーグルの守《まも》り神《がみ》なのじゃ！
ほねほねフェニックスは、
百年《ひゃくねん》に一度《いちど》タマゴをうむのじゃが、
今年《ことし》がちょうどその年《とし》で、少《すこ》し前《まえ》、
タマゴはぶじにうまれた。
ところが、たいせつなそのタマゴが、
なにものかにぬすまれてしまったのじゃ！

「だれが、どうやってぬすんだの？」
「うむ。フェニックスが、ほんの少《すこ》し巣《す》を
はなれたスキに、どろぼうがしのびこみ、
タマゴをもってとびさってしまったのじゃ！」
「とびさった？　ということは……」
「そう、タマゴどろぼうは、ワシらと
おなじように、ツバサをもっていて、空《そら》を
とべるのじゃ。さいわい、村人《むらびと》のひとりが、
タマゴどろぼうがとびさるところを見《み》ていた
ので、それをもとに、絵《え》をかくことができた」

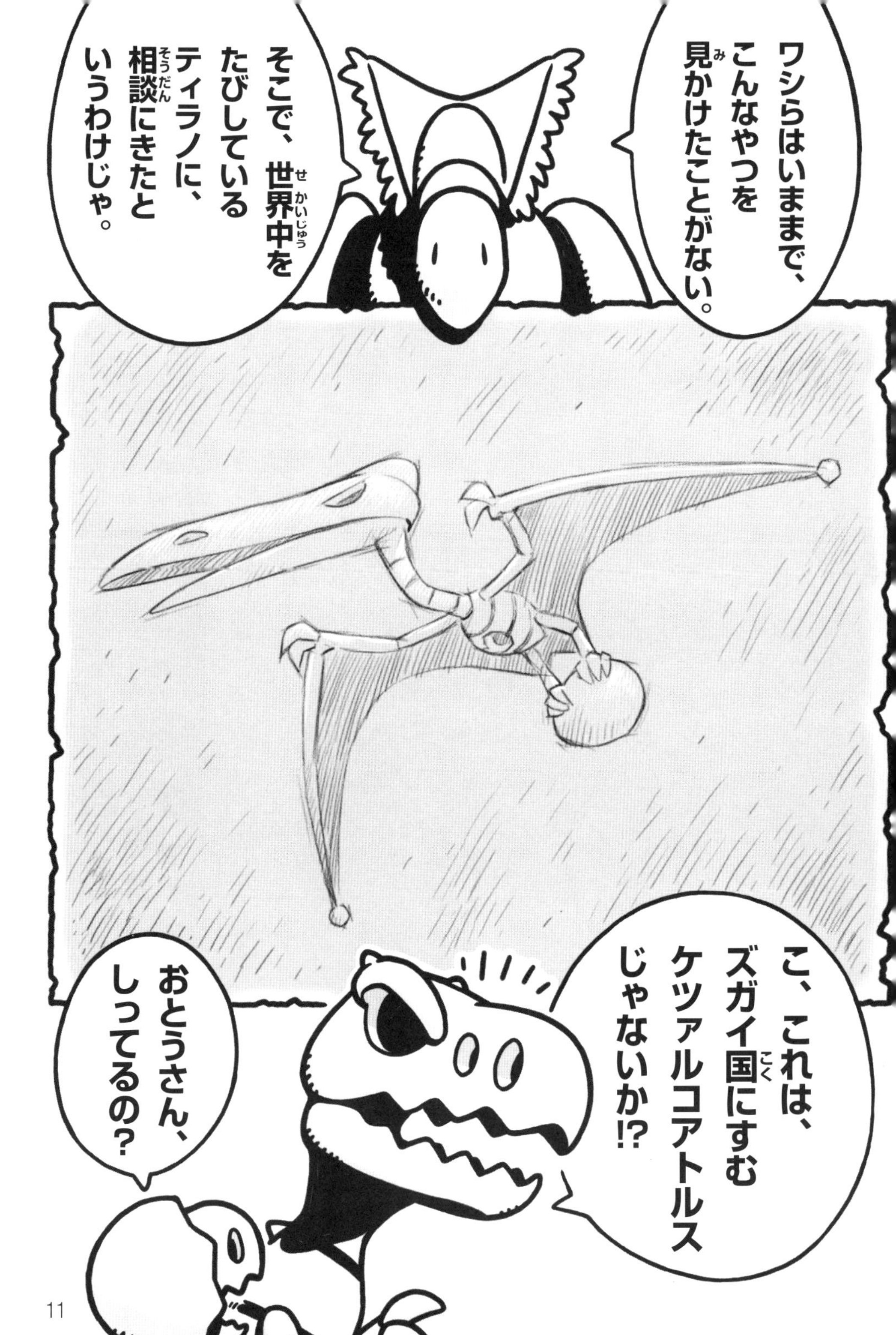
ワシらはいままで、こんなやつを見《み》かけたことがない。
そこで、世界中《せかいじゅう》をたびしているティラノに、相談《そうだん》にきたというわけじゃ。
こ、これは、ズガイ国《こく》にすむケツァルコアトルスじゃないか!?
おとうさん、しってるの?

ほねほね ひみつ レポート

これが空中王国《くうちゅうおうこく》「ズガイ国《こく》」だ！

今回《こんかい》、ベビーたちがぼうけんするのは、大空《おおぞら》にうかぶ巨大《きょだい》な空中王国《くうちゅうおうこく》なんだ！どんなところか、ちょっとだけしょうかいするよ！

ズガイ国《こく》
ズガイ国《こく》は、巨大《きょだい》なドクロ……つまりズガイコツにそっくりなかたちをしている国《くに》で、しかも、空中《くうちゅう》にポッカリうかんでいるんだ！だからズガイ国《こく》は、空中王国《くうちゅうおうこく》ともよばれているんだよ。そして、そこにすんでいるのが、ケツァルコアトルスなんだ！
ゴンちゃん、しってた？
いや、ぼくもはじめてきいた！
ケ、ケツァル…？えーい、ややこしいなまえだぜ！

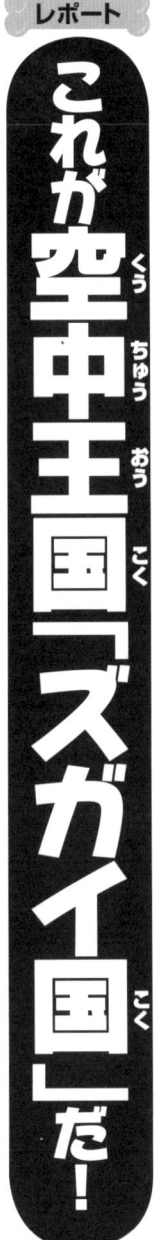

ズガイ国《こく》が、なぜ、そしていつから空《そら》に
うかんでいるのかは、だれもしらないし、
中《なか》をたんけんしたものも、
ほとんどいない……。
だからズガイ国《こく》は、ほねほね七不思議《ななふしぎ》の
ひとつに、かぞえられているんだ！

ほねほね七不思議《ななふしぎ》!?

ほねほね七不思議《ななふしぎ》とは!?

ベビーたちがすんでいるほねほねランドには、りくつではぜったいにせつめいできない不思議《ふしぎ》なことが、ぜんぶで七《なな》つあるといわれているんだ。

それを、ベビーのおとうさんのようなぼうけんかたちは、「ほねほね七不思議《ななふしぎ》」とよんでいるんだよ！

ズガイ国のほかに、どんなのがあるの?

それは、これからベビーたちがいろんなぼうけんをたくさんすれば、わかってくるさ！

それにしても、なぜ
ケツァルコアトルスは
フェニックスのタマゴを
ぬすんだりしたんだろう？

しかし、ワッシーにもまったく心《こころ》あたりはありませんでした。

ワシにもわからん

「とにかく、自分《じぶん》のだいじなタマゴがぬすまれたことをしったほねほねフェニックスは、クスクス山《やま》をとびたち、もどってこなくなった。きっと、ひとりであちこちとびまわり、ひっしにタマゴをさがしているのじゃろう……」

じゃあ、さっきオレたちが見《み》たフェニックスは……。
タマゴをさがしてとんでいるところだったんだね。
かわいそうに……。

ワッシーは、しんけんな顔《かお》でおとうさんにたずねました。

「ティラノよ、おまえさんは、そのズガイ国《こく》とやらにいったことはあるのか？」

「中《なか》に、はいったことはありませんが、ちかくまでいったことはあります。そのとき、空《そら》をとぶケツァルコアトルスのすがたを、地上《ちじょう》から見《み》たのです」

「おとうさん、どうしたの？
たすけてあげればいいじゃない？」
「それが……じつは今朝《けさ》、
シオじいから手紙《てがみ》がとどいたんだ」

※シオじいのことをしらない人《ひと》は、
『ほねほねザウルス②　なぞの
オオウミガメをさがせ！』をよんでね！

「シオじい、元気《げんき》なの？　どんな手紙《てがみ》だった？」

「それが、すごくこまったことがおきて、おとうさんの力《ちから》をかりたいから、すぐにきてほしいという手紙《てがみ》なんだ」

「そう、シオじいも、たすけをもとめてるんだ……」

そういうことならしかたがないな。では、ズガイ国《こく》への地図《ちず》をかいてくれ。それを見《み》ながら、ワシらだけでいくことにするよ。
だったら、おとうさんのかわりに、ぼくたちがいっしょにいくよ!!

そのとき、ベビーがいいことをおもいつきました！

おっ、そりゃいいな！
だね！
トップスとゴンちゃんも、それには大《だい》さんせいですが、ワッシーだけは心配《しんぱい》そうです。
し、しかし……。

「ワッシー村長《そんちょう》、わたしからもおねがいします。この子《こ》たちをつれていってください！」

「ティラノ！　おまえさんまで、なにをいうんじゃ!?」

「この三人《さんにん》は、まだ子《こ》どもですが、これまでに何度《なんど》もぼうけんのたびにでて、たくさんのけいけんをつんでいます。きっと役《やく》にたつと思《おも》いますよ」

そ、そうか……。
そういうことなら、
力《ちから》をかして
もらおうかの！
ベビー、
トップス、
ゴンちゃん！
わたしのかわりに、
ワッシー村長《そんちょう》を
たすけて
あげるんだ！
いいね!!
うん！
まかせとけ！

ベビーたちは、
すぐに
ズガイ国《こく》めざして
しゅっぱつする
ことになりました。

ズガイ国《こく》への地図《ちず》をかいておきました。
かなりとおいので、ベビーたちの足《あし》だと、何週間《なんしゅうかん》もかかりますよ。
なんの、もともとおまえさんをつれていくつもりだったから、いいものを用意《ようい》しておる！
みんな！おりてくるのじゃ!!
すると、空《そら》からたくさんのほねほねイーグルたちが、まいおりてきました。
バサ
バサ
バサ

さぁ、のってくれ！これならひとっとびじゃ!!
それはまるで、ほねほねイーグルの飛行船《ひこうせん》でした。
すごいや！
わぁー！
！
では、しゅっぱつじゃ!!
ふわり
おうっ！
こうして、ベビーたちの空《そら》のたびがはじまりました！
と、とんだ！

♪ワシワシらはほねほねイーグル、
スピードじまんの空《そら》の勇者《ゆうしゃ》さ♪
♪グルッと空《そら》に輪《わ》をかいて、
グルグルグルグル風《かぜ》にのる♪
♪でも、まわりすぎると目《め》もグルグル♪
♪イーグルグルグル目《め》がまわりゃ
さすがのワシらもついらくさ♪
♪気《き》をつけろ～よ、気《き》をつけろ♪

ほねほねイーグルたちが
うたう歌《うた》にあわせて、
ベビーたちをのせた飛行船《ひこうせん》は
大空《おおぞら》をすすんでいきます。

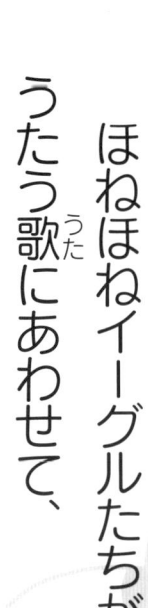

ベビーたちは、はじめて見《み》る空《そら》からのながめに、大《だい》かんげきです。
空《そら》から地上《ちじょう》を見《み》ると、こんなふうに見《み》えるんだね！
あ！　あれって、ぐるぐるジャングルじゃない!?
ほんとうだ！　ラーゴさんたち、元気《げんき》かな？

ハックション!
おっかしいな〜、カゼでもひいたゴリか?
ズズ
気《き》をつけるチョ!
どうやら、ラーゴとシーソは、元気《げんき》にくらしているようです。
※『ほねほねザウルス③ ぐるぐるジャングルで大《だい》ピンチ!』をよめば、ラーゴとシーソのことがよくわかるよ!

あ、あのくも、トップスにそっくりじゃない?
な、なんだって?
ほんとだ!にてる!!
でしょ?
そ、そうか?オレのほうがずっとスマートだろ?
あ、あっちはほねほねオオウミガメだ!
ほねほねベヒモスもいるよ!
つぎのページで、みんなもくもの中《なか》にかくれているほねほねザウルスをさがしてね!

ほねほね かくし絵《え》 クイズ

くもの中《なか》のほねほねザウルスをさがせ！

つぎのほねほねザウルスによくにたくもをさがしてね！

①アンキロサウルス　②プレシオサウルス　③マンモス

④パラサウロロフス　⑤ほねほねライオン

※こたえは45ページだよ！

…ア…

第③話

ほねほねアーチャー・ロビン

たびにでてから三日後《みっかご》、
ベビーたちはとうとう、
ズガイ国《こく》の
すぐちかくまで
やってきました。

見《み》えた！ あれがズガイ国《こく》だ！

で、でっかいな！
あんなに大《おお》きいのが空《そら》にういているんだから、ほねほね七不思議《ななふしぎ》のひとつにえらばれるわけだね……。

まずは、ワシがいって、ようすを見《み》てくるわい！

ところが、とつぜん、たくさんのケツァルコアトルスが、ズガイ国《こく》からとびだしてきたのです！

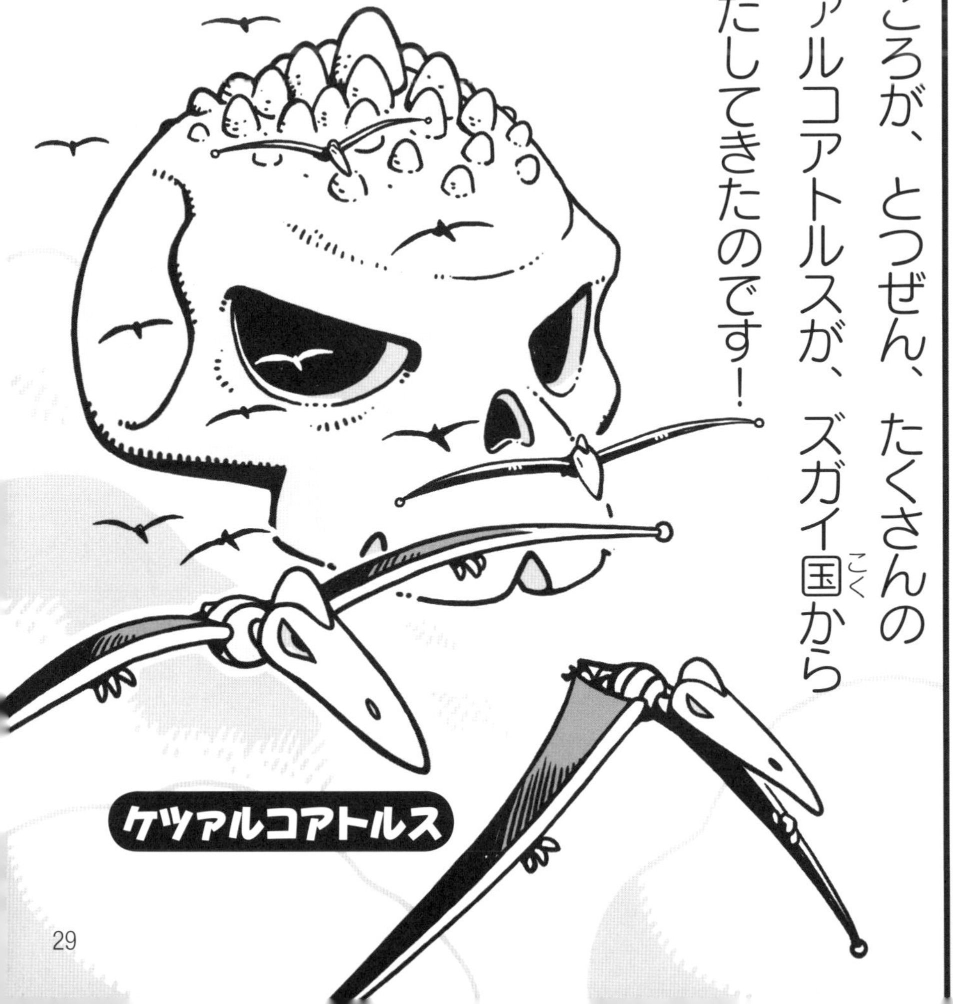
ケツァルコアトルス

あ、あれは!!
ケツァルなんとかってやつらだ!
めんどうだからケツァルでいいや!
われこそはズガイ国《こく》のケトル将軍《しょうぐん》!
かってにわが国《くに》にちかづくやつは、だれだろうとゆるさんぞ!
ケトル将軍《しょうぐん》
ケツァルたちは、ワッシーをはじきとばすと、ベビーがのっている飛行船《ひこうせん》におそいかかりました。
どひゃ～っ!
ザザザザッ

ケツァルのこうげきで、
飛行船《ひこうせん》はおおきくかたむき、
ベビーたちは、外《そと》に
なげだされてしまったのです！

ガクン
!?
やれやれ、
まにあったか!
ワッシーさん!

トップスとゴンちゃんも、
ほかのイーグルにたすけられて
ぶじでした。

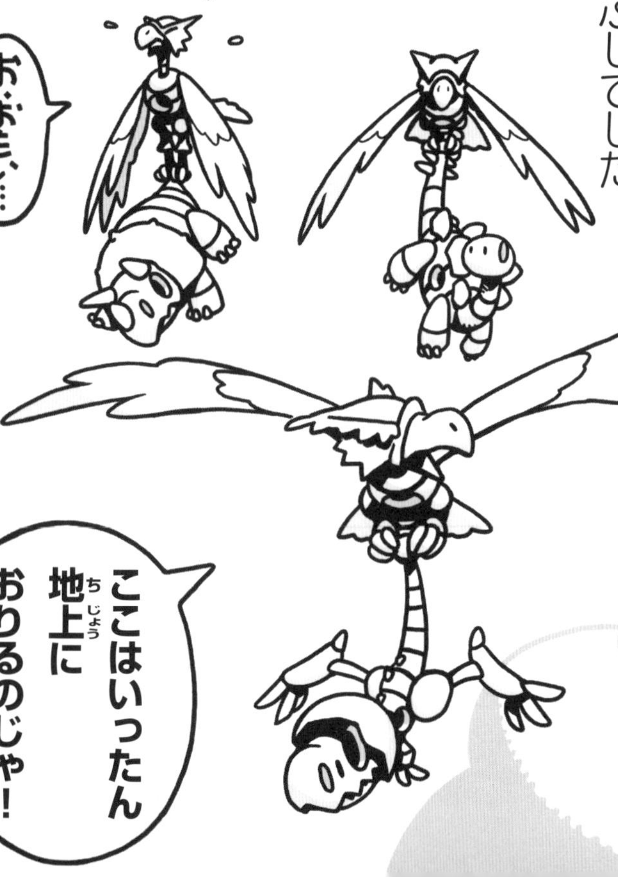
お、おもい…
ここはいったん
地上《ちじょう》に
おりるのじゃ!

イーグルは、三人《さんにん》を地上《ちじょう》におろしました。
しかし、ケツァルたちはすぐに、
今度《こんど》は地上《ちじょう》めがけて急降下《きゅうこうか》してきました。

そのときです!

どこから
ともなく、
一本《いっぽん》の矢《や》が
とんできました!

いてっ!
ゴツ
その矢《や》は、みごと
ケトルのおでこに
命中《めいちゅう》しました!
な、
なんだぁ?
ヘロ
ヘロ
いったいなにが
おきたんだ?
きみたち、
だいじょうぶか?
あ、
あなたは?

わたしは、ほねほねアーチャーのロビン！
キリ
キリ
だが、あいさつはあとだ！
ほねほねアーチャーのロビン

ロビンは、上空《じょうくう》のケツァルたちめがけ、つぎつぎと矢《や》をはなちました。

ほねほねアーチェリーみだれうち！
ヒュン
ヒュン
ヒュン

ぐえっ！
パシ
いてっ！
ピシ
パシ
いてっ！
えーい、ここはひとまずひきあげだ！
ひええ
ロビンの弓《ゆみ》におそれをなしたケツァルたちは、ズガイ国《こく》ににげかえっていきました。

ベビーは、あぶないところをたすけてくれたロビンに、あらためておれいをいいました。
ありがとうございました！
まにあってよかったよ。きみがベビーだね？

そしてきみたちがトップスとゴンちゃんだろ？よろしく！
えっ⁉

おどろいたことに、ロビンは三人《さんにん》の名前《なまえ》をしっていました。

「なぜ、ぼくたちのことを⁉」

「ハハハ、ティラノの手紙《てがみ》に、そうかいてあったからさ！」

「おとうさんをしってるの？」
「わたしとティラノは、何度《なんど》もいっしょにぼうけんのたびにでたことがある親友《しんゆう》さ」
「えっ！　でも、なぜここに？」
「ティラノの手紙《てがみ》には、きみたちがズガイ国《こく》にいくから、たすけてほしいとかいてあった。それをよんで、すぐにやってきたというわけさ」

ベビーのおとうさんは、ベビーたちを見送《みおく》ったあと、ズガイ国《こく》のちかくにすむ親友《しんゆう》のロビンに、いそいで手紙《てがみ》をだしたのでした。

プテラノドンのゆうびんやさん
そくたつでたのむよ！
あいよっ！

あなたがワッシー村長《そんちょう》ですね。わたしも、タマゴをとりかえすのをてつだいますよ！
そ、そうか！ありがたいことじゃ!!

日《ひ》がくれてきたので、ベビーたちはいったん、ちかくの森《もり》にかくれ、そこで作戦《さくせん》をたてることにしました。

「うーむ、どうすればタマゴをとりかえせるんじゃ？」

「正面《しょうめん》からズガイ国《こく》にのりこむのは、むずかしいでしょうね。さっきはたまたま、おいはらうことができましたが、ケツァルはてごわい相手《あいて》です。それに、ズガイ国《こく》には、ケツァルよりももっと大《おお》きくてつよい、ほねほねワイバーンがいます！」

ほねほね
ワイバーン？
そう、ワイバーンこそが、空中王国《くうちゅうおうこく》ズガイ国《こく》の王様《おうさま》で、ケツァルたちはみんな、ワイバーンの手下《てした》なのさ！

「そ、それはいいが、いったいなにをするつもりじゃ？」

「タマゴをとりかえすには、やはり、こっそりしのびこむしかありません。夜《よる》のくらいうちなら、さっきのように、ケツァルたちに見《み》つかることもないでしょう！」

どうやらロビンは、ひとりでズガイ国《こく》にしのびこみ、タマゴを見《み》つけだすつもりのようです。

「タマゴを発見《はっけん》したら、合図《あいず》をしますから、またズガイ国《こく》までむかえにきてください」
「どんな合図《あいず》じゃ？」
「この森《もり》にむけて、矢《や》を一本《いっぽん》うちこみます」
「うむ、わかった！」
「では、さっそくいきましょう！」

ちょっとまった！
ぼくたちもいっしょにいくよ！
そうそう！ひとりより、四人《よにん》でさがしたほうがみつけやすいだろ？

……
わたしもまだズガイ国《こく》の中《なか》に入《はい》ったことはない。どんな危険《きけん》がまっているかわからないけど、それでもいいのかい？

もちろん！
なるほど、ティラノが手紙《てがみ》にかいていたとおりのこどもたちだな……。
よし、わかった！いっしょにいこう!!
こうして、ベビーたちは飛行船《ひこうせん》にのりこみ、ズガイ国《こく》にむかいました。
ワッシー村長《そんちょう》！ズガイ国《こく》のうらがわにまわってください。よくさがせば、わたしたちがとおれるくらいのひびがどこかにあるはずです！
りょうかいじゃ！

ほねほねアーチャー・ロビンを大《だい》しょうかい！

とつぜん、さっそうとあらわれて、ベビーたちをピンチからすくったほねほねアーチャーのロビン！いったい、どんな人《ひと》なんだろう？

わたしは、ズガイ国《こく》のちかくにある、アロー村《むら》というところにすんでいるんだ！

弓《ゆみ》の名手《めいしゅ》だよ！

どれくらいすごいかというと……？

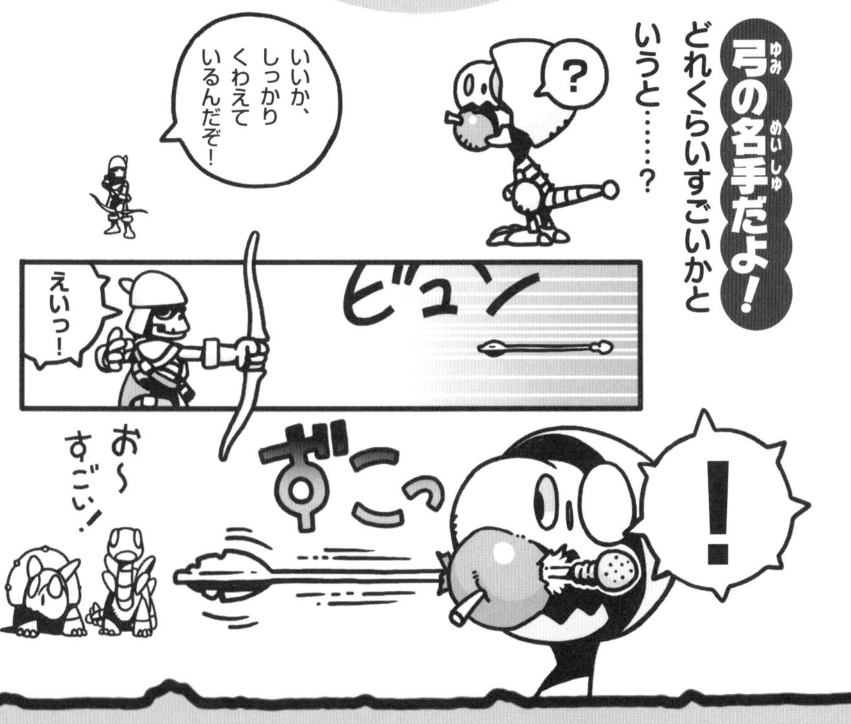
?
いいか、しっかりくわえているんだぞ！
ビュン
えいっ－！
ずこっ
！
お～すごい！

ベビーのおとうさんの親友《しんゆう》！

ベビーのおとうさんとは、むかしから大《だい》のなかよしで、何度《なんど》もいっしょにぼうけんのたびにでているよ！

『たんけん！　アバラさばくのピラミッド』に登場《とうじょう》したほねほねシーフたちと、対決《たいけつ》したこともあるんだ！

ほねほねかくし絵《え》クイズのこたえ（26〜27ページ）

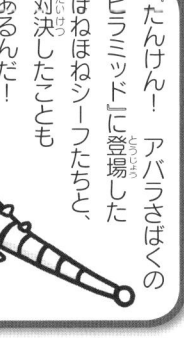

第4話
ワイバーンの悪《わる》だくみ

ロビンがかんがえたとおり、ズガイ国《こく》のうらがわには、ベビーたちがとおれるくらいのひびが、いくつかありました。
ここから中《なか》にはいれそうだ！
よし、ぼくらもはいろう！
気《き》をつけるんじゃぞ！

ベビーたちは、
だれにも見《み》つからず、
中《なか》にはいれました。

へぇ〜、これがズガイ国《こく》の中《なか》か…。
さあ、いそいでフェニックスのタマゴをさがそうよ！

ズガイ国《こく》迷《めい》路《ろ》クイズ パート1

フェニックスのタマゴをさがせ！

ズガイ国《こく》の中《なか》は、とてもひろくて、道《みち》もややこしいんだ！　きみの力《ちから》で、ベビーたちを部屋《へや》のまんなかにある階段《かいだん》までうまくつれていってね！　階段《かいだん》をおりると、タマゴがあるかも!?

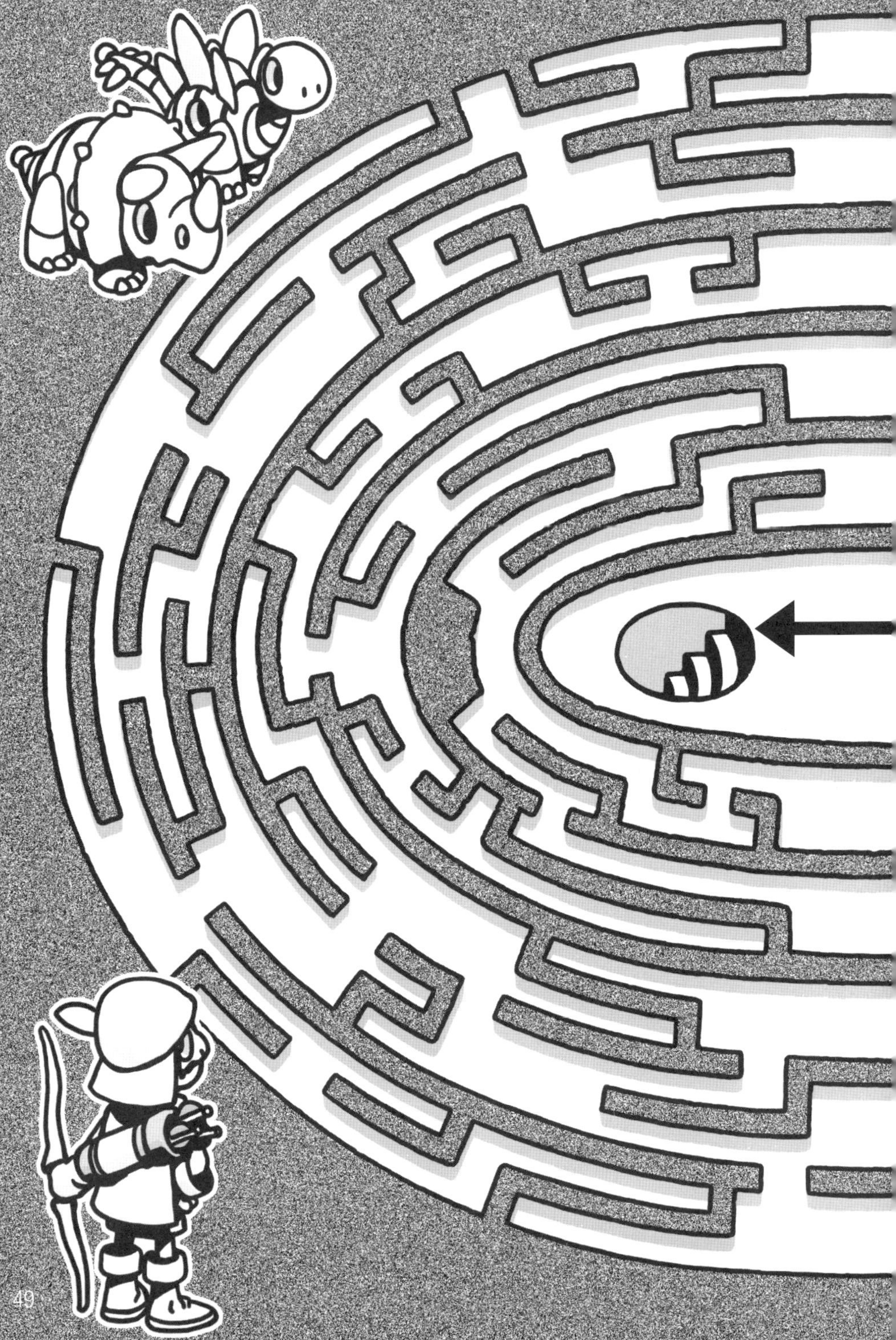

フェニックスのタマゴをさがせ！

ズガイ国迷路《こくめいろ》クイズ パート②

ベビーたちの前《まえ》に、今度《こんど》はべつの迷路《めいろ》があらわれた！
タマゴがある左上《ひだりうえ》の部屋《へや》まで、ベビーたちをつれていってね。
ただし、ケツァルがいる部屋《へや》は、とおることができないよ！

タマゴはここ！

あった！
あれがフェニックスのタマゴだ！
ベビーたちは、とうとうタマゴを見《み》つけました。

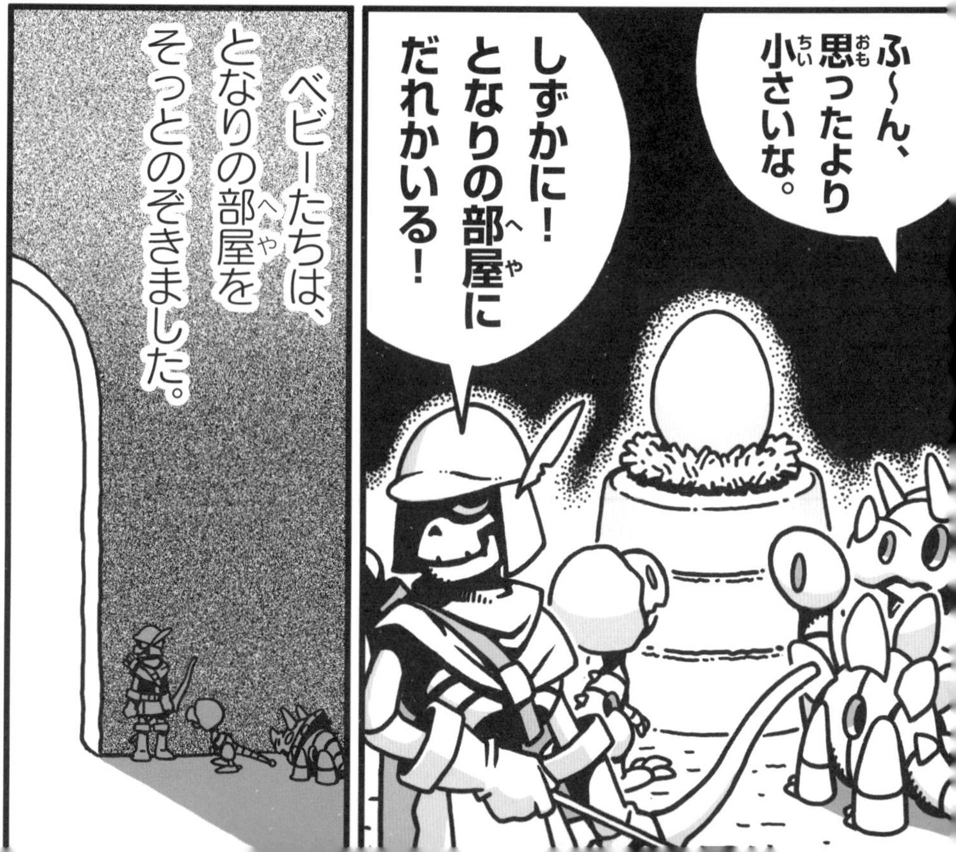
ふ～ん、思《おも》ったより小《ちい》さいな。
しずかに！となりの部屋《へや》にだれかいる！
ベビーたちは、となりの部屋《へや》をそっとのぞきました。

のう、ケトル将軍《しょうぐん》。そろそろタマゴがかえってもいいころだな？
ズガイ国《こく》の国王《こくおう》
ほねほねワイバーン
はい、ワイバーンさま。今夜《こんや》か明日《あす》には、タマゴからヒナがうまれると思《おも》います。
ケケケ
で、でてない…
あ、あれがほねほねワイバーン！

「それにしても、昼間《ひるま》のやつらは、いったいなにものでしょう？　ほねほねイーグルたちが、タマゴをとりかえしにくることは予想《よそう》していましたが、ほかのやつらは見《み》たことがありません」

「気《き》にするな。つぎはこのオレさまがでていって、けちらしてやる！」

「ケケッ！　〈天空《てんくう》の王《おう》〉のすがたを見《み》れば、どんなやつらも、シッポをまいて、にげていくことでしょう！」

たしかに、〈天空《てんくう》の王《おう》〉とよばれ、おそれられているオレさまだが、ひとりだけ、かてないやつがいる……。
それが、ほねほねフェニックスだ！

「オレさまはむかし、
一度《いちど》だけフェニックスと
たたかって、ひきわけた
ことがある。
それからずっと
やつをたおす作戦《さくせん》を
かんがえつづけ、
ついに思いついたのだ！」

「はいはい、さようで
ございましたな」

「おまえたちにタマゴを
ぬすませたのは、やつを
ズガイ国《こく》におびきよせる
ためだ。もうすぐ
うまれるヒナは、
親《おや》をもとめて鳴《な》く
だろう。そして、
ヒナの鳴《な》き声《ごえ》をきいた
フェニックスは、かならず
ここにやってくるはずだ！」

そのときこそ、かんがえにかんがえぬいたあの作戦《さくせん》で、フェニックスをやっつけてやる！
ケケケ
わはは
なるほど……。タマゴがぬすまれた理由《りゆう》が、これでわかったよ。
フェニックスをおびきよせるためだったんだね！
ベビーたちは、タマゴをはこぼうとしてもちあげました。ところが……。
ピシッ
とにかく、はやくタマゴをここからはこびだそう！
あっ！タマゴにひびが!!

うわっ！
ポン
なんと、フェニックスのヒナが、うまれてしまったのです！
う、うまれた！

うまれたばかりのヒナは、親鳥《おやどり》をさがして、大声《おおごえ》で鳴《な》きはじめました。

ピーピー
あわわ……！

とうとううまれたか！
ヒナの鳴《な》き声《ごえ》をききつけ、となりの部屋《へや》からワイバーンたちがやってきました！
あっ！おまえたちは!!
しまった！見《み》つかった!!
ピ
ピ
ここはわたしがくいとめる！
きみたちはヒナをつれてはやくにげろ!!

ベビーたちは、ワイバーンがおこしたもうれつな風《かぜ》にふきとばされてしまいました。

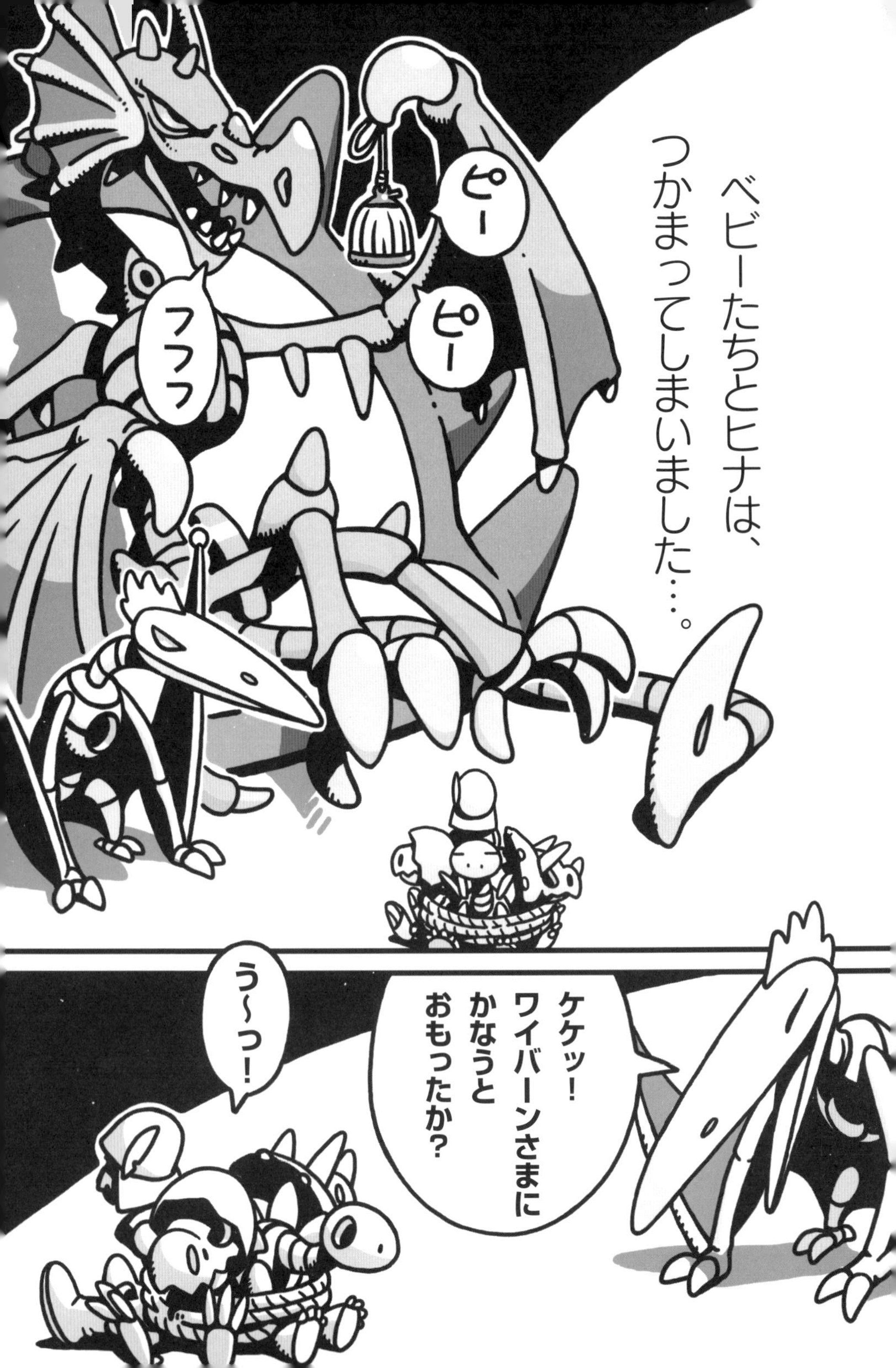
ベビーたちとヒナは、
つかまってしまいました…。
ピー
ピー
フフフ
ケケッ!
ワイバーンさまに
かなうと
おもったか?
う〜っ!

ピ
ピ
よしよし、いいぞ もっと鳴《な》け！
その声《こえ》をきいて、フェニックスが やってくるまで 鳴《な》きつづけるのだ！

そのころ、フェニックスは、ズガイ国《こく》からずっとはなれたところをとんでいましたが、ヒナの鳴《な》き声《ごえ》にすぐ気《き》がつきました。

ピーッ！

フェニックスは、猛《もう》スピードで、ヒナの声《こえ》がするほうに、むかいました。

ワナがまっていることもしらずに……。

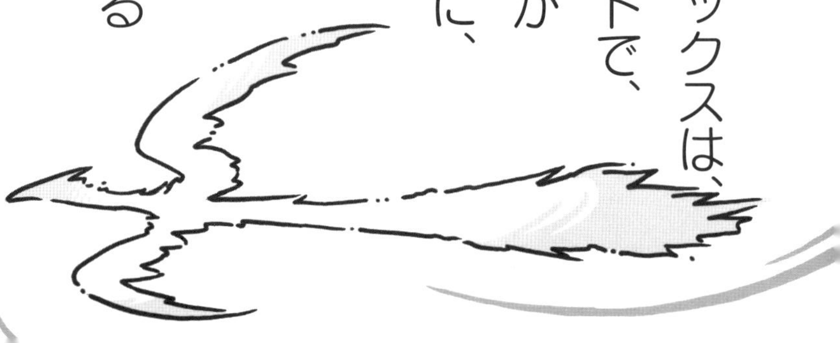

ほねほね ひみつ レポート

これが「天空《てんくう》の王《おう》」ほねほねワイバーンだ！

ついに登場《とうじょう》したほねほねワイバーン！「天空《てんくう》の王《おう》」とよばれるだけあって、とても大《おお》きくて、強《つよ》そうなすがたをしているぞ！

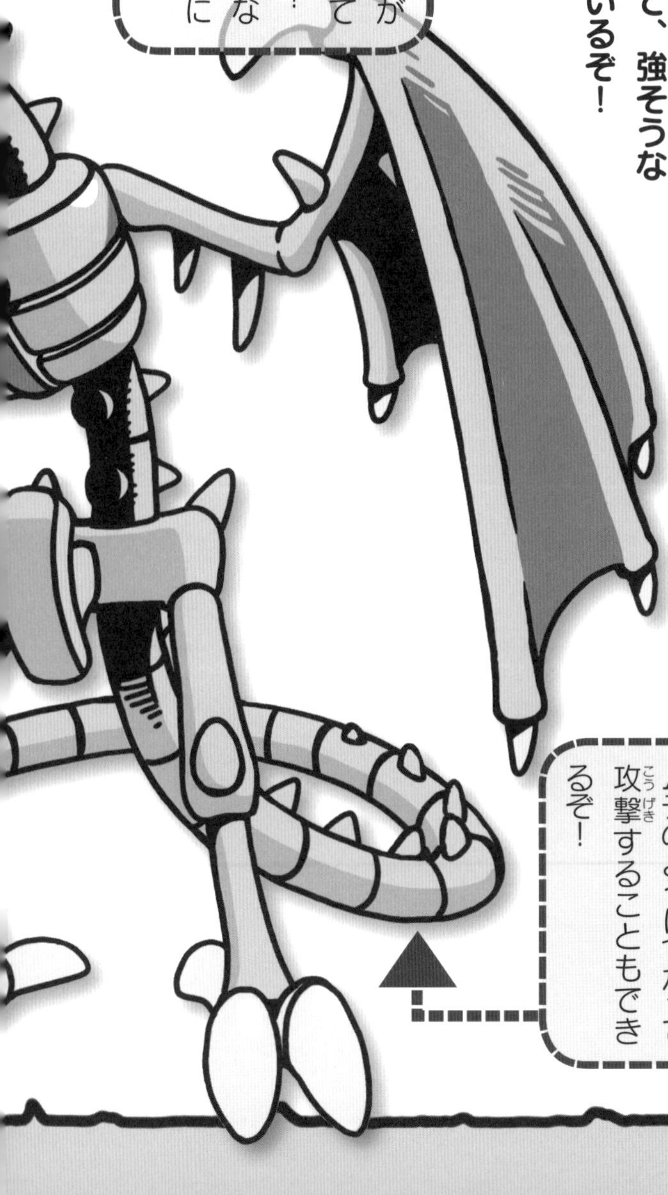

するどいキバがたくさんはえている大《おお》きな口《くち》！ベビーくらいなら、かんたんにのみこめる？
長《なが》いシッポを、まるでムチのようにつかって攻撃《こうげき》することもできるぞ！

ぐふふ、空《そら》のたたかいで
オレさまにかなう
やつはいないのだ！

……と、ワイバーンはいっているけど、
まえにほねほねフェニックスと
たたかったときは、ひきわけだったんだ。
空《そら》をとぶはやさも、どっちもおなじくらいだぞ！

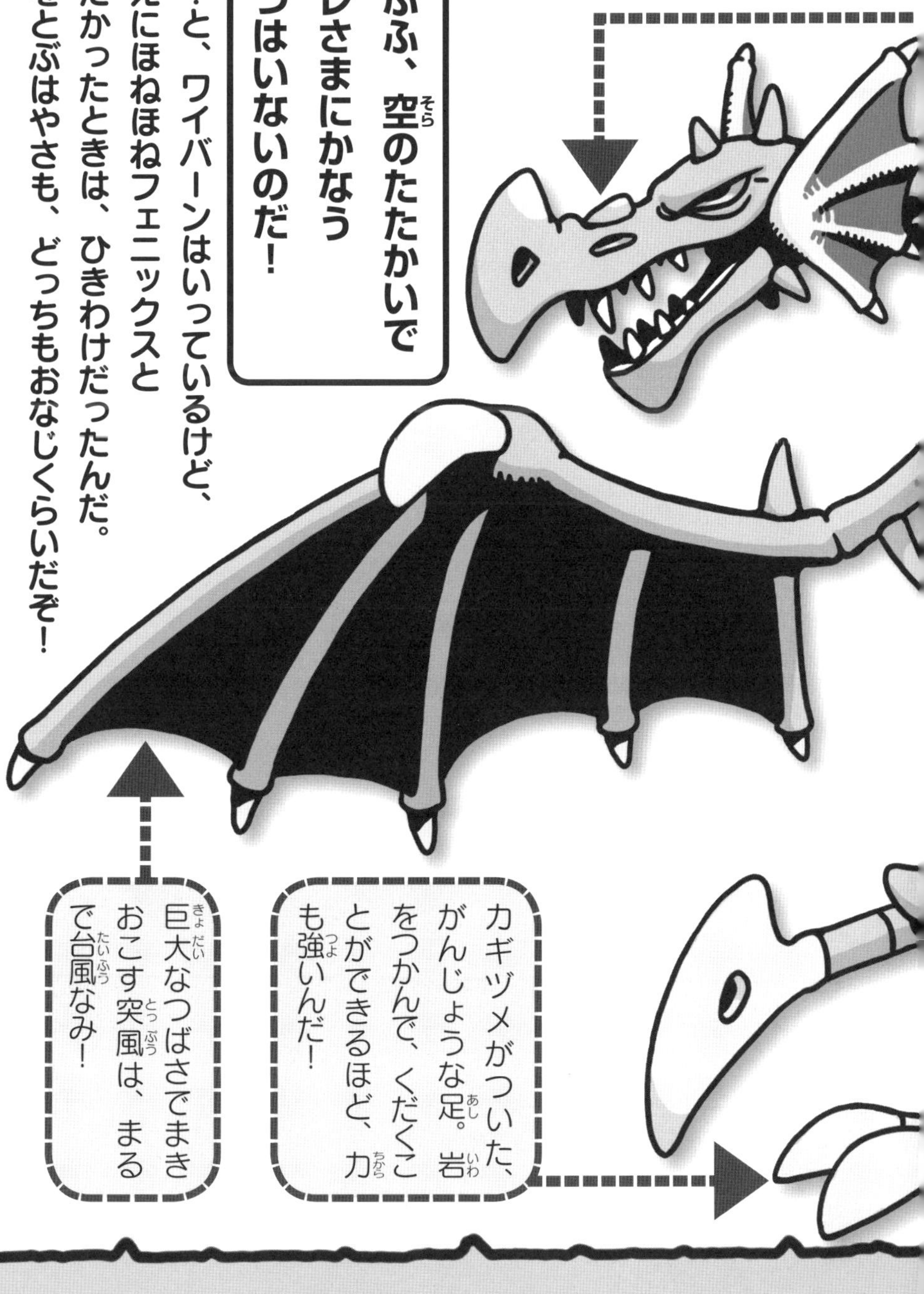
カギヅメがついた、がんじょうな足《あし》。岩《いわ》をつかんで、くだくことができるほど、力《ちから》も強《つよ》いんだ！
巨大《きょだい》なつばさでまきおこす突風《とっぷう》は、まるで台風《たいふう》なみ！

第⑤話

空中《くうちゅう》の大《だい》けっせん！

ヒナの声《こえ》をきいた
フェニックスが
ズガイ国《こく》に
やってきたのは、
つぎの日《ひ》の
夜明《よあ》けごろでした。
やはり、きたか！
とんで火《ひ》に入《い》る
ほねほね
フェニックスだな！
ヒナがあばれ
はじめた！
きっと、親鳥《おやどり》が
きたのが
わかるんだよ！
ピ
ピ
ピ

よし、まずはオレさまが相手《あいて》をしてやる!!
バサア
ワイバーンとフェニックスは、空中《くうちゅう》ではげしくぶつかりあいました!
しかし、ふたりの力《ちから》はほとんど同《おな》じくらいなので、かんたんには勝負《しょうぶ》がつきません。

地上《ちじょう》では、ロビンの
合図《あいず》をまっていた
イーグルたちが、
おどろいています。

なぜ
フェニックスが
ここに!?
バサ
バサ
よくわからんが、
とにかく
フェニックスを
たすけるんじゃ！

イーグルたちは、フェニックスを
たすけようと、ワイバーンに
むかっていきました。

えーい、
うっとおしい
やつらだ！
うわ〜〜〜〜っ！

しかし、まったく
歯《は》がたちません。

ところが、ワイバーンがイーグルたちに気《き》をとられているすきに、フェニックスは、ヒナのいるズガイ国《こく》に向《む》かったのです。
しまった！
こうなれば、やはりあの手《て》をつかうしかないな！

ケトル将軍《しょうぐん》、作戦開始《さくせんかいし》だ!!
よし！ケツァル軍団《ぐんだん》、全員《ぜんいん》で出撃《しゅつげき》！

たくさんのケツァルたちが
ズガイ国《こく》からとびたち、
フェニックスの
ゆくてをはばみました。

ケツァルたちは、みんな、
風船《ふうせん》のようなものを足《あし》に
ぶらさげています。
「よし、やれ！」
ワイバーンの合図《あいず》で、
ケツァルたちは、足《あし》の
つめで風船《ふうせん》をわりました。

バシャ
バシャ
バシャ
なんと、風船《ふうせん》の中《なか》には、水《みず》が入《はい》っていたのです！
クエー
ジュージュー
ぐははは……！
フェニックスの強《つよ》さのひみつは、全身《ぜんしん》をおおっている炎《ほのお》なのだ！
その炎《ほのお》さえけせば、フェニックスは力《ちから》をうしなう!!

炎《ほのお》を消《け》された
フェニックスは、
地上《ちじょう》におちていきました。

そして、そのまま
うごかなくなってしまったのです。

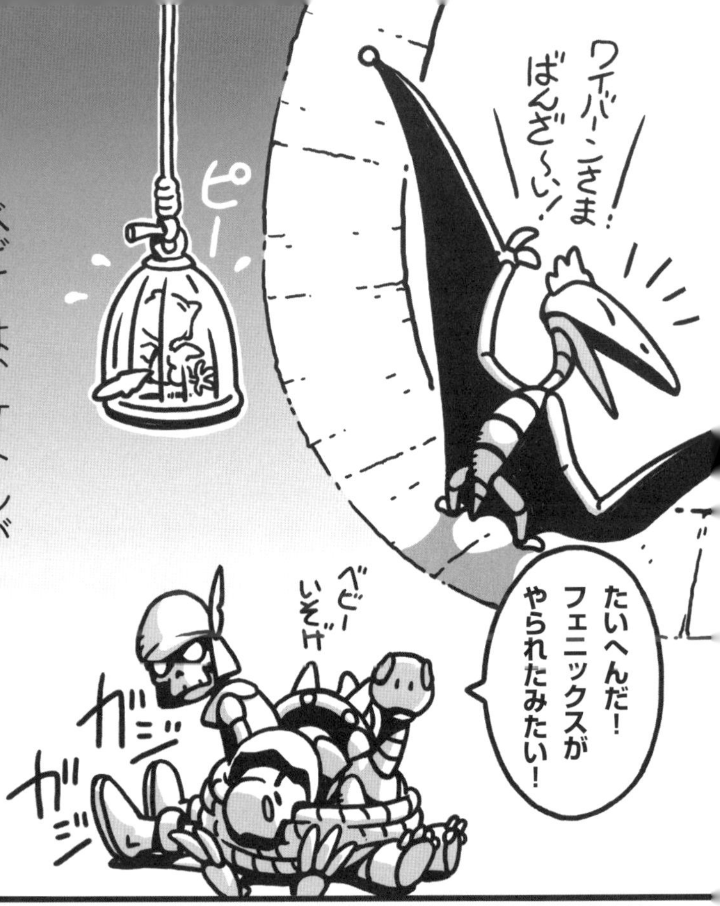

ベビーは、ケトルが
外《そと》に気《き》をとられているうちに、
ロープをかみ切《き》ろうとしていました。

ベビーは、さらに、
ヒナをこっそり
たすけだしました。

ところが、親鳥《おやどり》が心配《しんぱい》なヒナは、外《そと》を見《み》ようと窓《まど》にむかってかけだしたのです。
あっ！
ピ
ややっ！にがしてたまるか！
気《き》づいたケトルが、するどいくちばしをヒナめがけてふりおろしました！
ピーッ

あぶない！
ベビーは、
とっさに
ヒナに
とびついて、
ケトルの
攻撃《こうげき》を
かわしました。
ゴロ
ゴロ
ザ
ク
しかし、いきおい
あまって、そのまま外《そと》に
とびだしてしまいました！
うわ～～っ！
ベビーッ！
ピ……
しまった！

ぎゅっ
このまま、ぼくが
下《した》になっておちれば、
ヒナだけはたすかる
かもしれない……。
だいじょうぶ！
おまえはぼくが
まもってやるからね！
ピーッ！

えっ!?
と、とんだ!!

やった！ベビーがたすかった！
心配《しんぱい》そうに上《うえ》から見《み》ていたトップスたちもおおよろこびです。
ヒナは、ベビーを地上《ちじょう》におろしました。
ありがとう！おかげでたすかったよ！
ピーッ
そしてすぐ、親鳥《おやどり》のもとにかけよりました。

ピー
ピー
ヒナは、よわった親鳥《おやどり》のくちばしに、自分《じぶん》のくちばしをかさねました。
すると……。
あっ!!
ボン
ヒナの炎《ほのお》が、フェニックスにもえうつりはじめたのです!

ケエーッ!
げげっ!
ぼぼぼぼぼ
なんと……復活《ふっかつ》したか! ならばもう一度《いちど》、水入《みずい》り風船《ふうせん》で攻撃《こうげき》してやる! ケトルッ!!
ははっ! ケツァル軍団《ぐんだん》、風船《ふうせん》をとりにもどってこい!!
いや〜、もどってきても、ムダじゃない?

じゃ～ん
な、なに？
風船《ふうせん》はぜんぶ、オレたちがわっちゃったもんね！

ワイバーンさま！風船《ふうせん》はもうありませ～ん！

「むむ、こうなったら、また一騎打《いっきう》ちだ！　やつの力《ちから》が、まだ完全《かんぜん》にもどっていなければ、かてる！」

ワイバーンは、地上《ちじょう》のフェニックスめがけ、おそいかかりました！

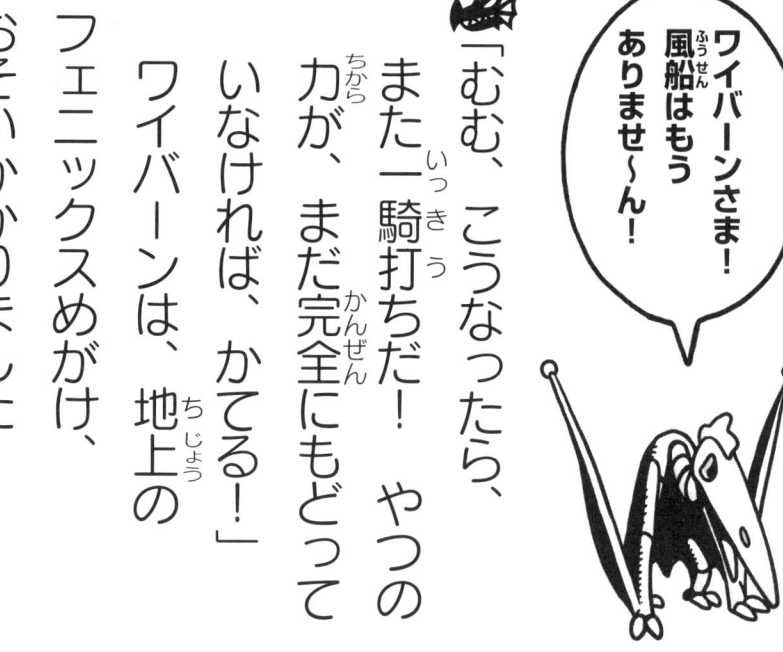

そうはさせないぞ!!
とべ! リトルフェニックス!!
ベビーは、とっさにヒナの背中《せなか》にのると、
ワイバーンをむかえうつため、
ともにとびたちました!
ゴオオ
ふふん! おまえたちみたいなチビスケになにができる?
いい作戦《さくせん》があるよ!
ヒソヒソ
ピーッ

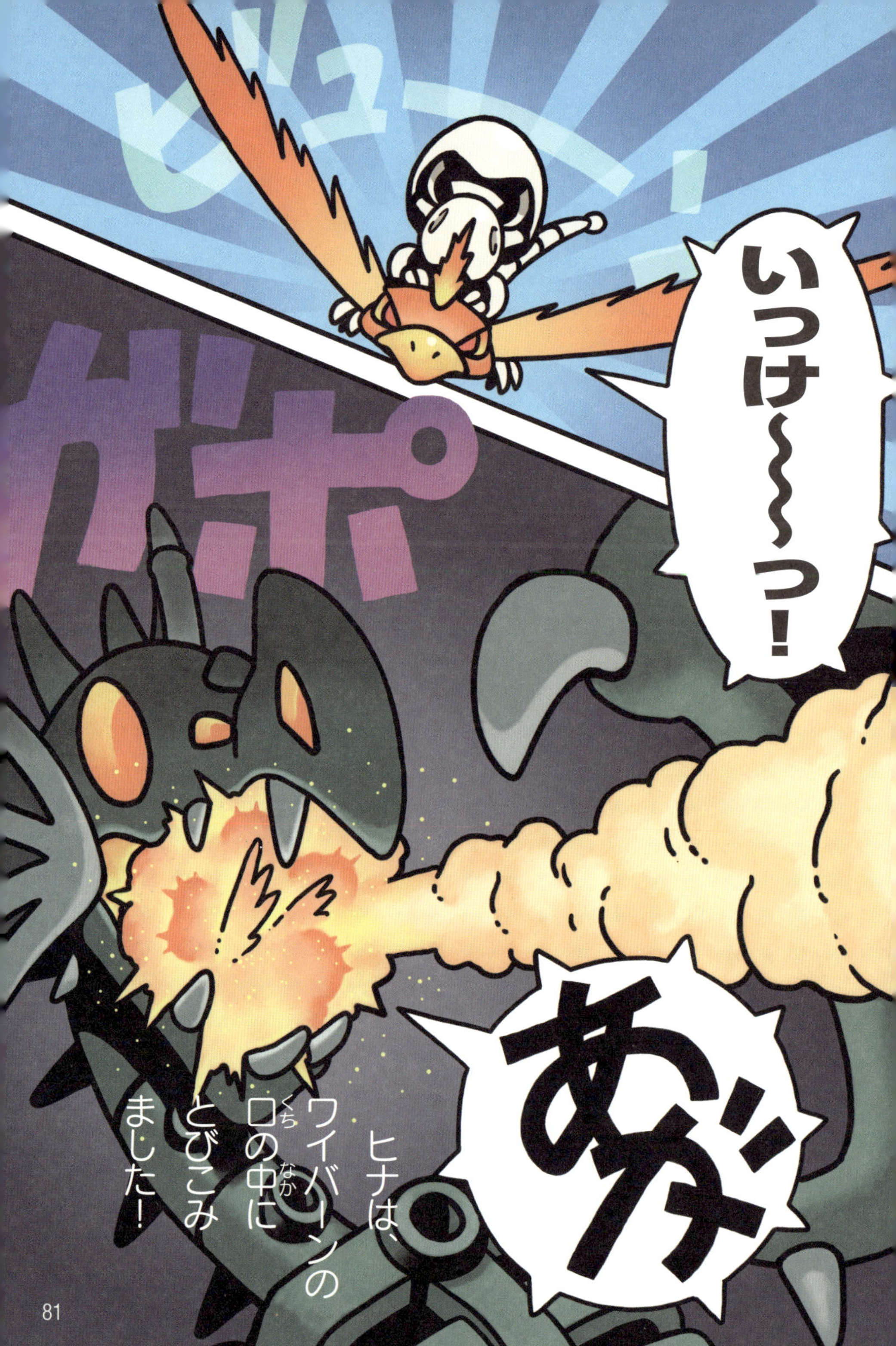
ビュ〜ン！
いっけ〜〜〜っ！
ガポ
あづ
ヒナは、ワイバーンの口《くち》の中《なか》にとびこみました！

ワイバーンは、なんとかベビーたちをはきだしました。

しかし、そのときには、完全《かんぜん》に
力《ちから》をとりもどしたフェニックスが、
すぐちかくまでせまっていました！

やった！

ぐわ～!!
フェニックスがまきおこした炎《ほのお》の竜巻《たつまき》が、ワイバーンをおそいました!
ひゅ～～ん
や、やられた～っ。
フェニックスがかった!!

こうして、ベビーたちは、事件《じけん》をぶじに解決《かいけつ》したのでした……。
オレさまのまけだ！もう二度《にど》とこんなことはしない!!
ごめんなさい！
ベビー！大《だい》かつやくだったね！
ヒナにのって空《そら》をとんだ気分《きぶん》はどうだ？あつくなかったか？
そ、それが、あのときはむちゅうで気《き》がつかなかったけど……。
しっかりやけどしたみたい……。
ヒリヒリいたいよ…
あ、やっぱり？

ロビンさん、どうもありがとう！
うむ！かえったら、ティラノによろしくつたえてくれ

ベビーは、今回《こんかい》の
ぼうけんの話《はなし》を、
はやくおとうさんに
きかせたいと思《おも》いながら、
家《いえ》にかえって
いったのでした。

作・絵　ぐるーぷ・アンモナイツ

●構成・文：大崎悌造（おおさき　ていぞう）

1959年香川県生まれ。早稲田大学卒。主に児童向けの書籍、雑誌記事、漫画原作などを執筆。著書に『この七大完全犯罪の謎が解けるか!?』学習研究社、『レーサーミニ四駆世界グランプリ』（原作）講談社、『生命のダイアリー』（原作、達山一歩名義）秋田書店などがある。

●作画：今井修司（いまい　しゅうじ）

1963年北海道生まれ。イラストレーター。高校在学中より、児童向け書籍などに絵を描きはじめる。イラスト制作のほか、家庭用ゲームのプロダクションデザインなどを手がける。さし絵の仕事に、冒険ファンタジー名作選『月世界最初の人間』、SF名作コレクション『タイムマシン』（ともに岩崎書店）などがある。

●企画協力：ドクター・ヨッシー

原案・監修：カバヤ食品株式会社

装幀・デザイン：茶谷公人（Tea Design）

お手紙おまちしています！

いただいたお手紙は作者におわたしいたします。
〒112-0005　東京都文京区水道1-9-2
岩崎書店編集部「ほねほねザウルス」係

ほねほねザウルス⑤　ティラノ・ベビー、おおぞらをとぶ！　NDC913

発行日　2011年2月10日　第1刷発行
　　　　2013年4月15日　第5刷発行

原案・監修　カバヤ食品株式会社
作・絵　ぐるーぷ・アンモナイツ
発行者　岩崎弘明
発行所　株式会社岩崎書店
東京都文京区水道1-9-2（〒112-0005）
電話 03-3812-9131（営業）03-3813-5526（編集）
振替 00170-5-96822
印刷　広研印刷株式会社
製本　株式会社若林製本工場

Published by IWASAKI Publishing Co.,Ltd.
Printed in Japan.
ISBN 978-4-265-82032-0
ご意見・ご感想をおまちしています。Email:hiroba@iwasakishoten.co.jp
岩崎書店ホームページ　http://www.iwasaskishoten.co.jp

ズガイ国迷路《こくめいろ》クイズ（48～51ページ）のこたえ

パート❶

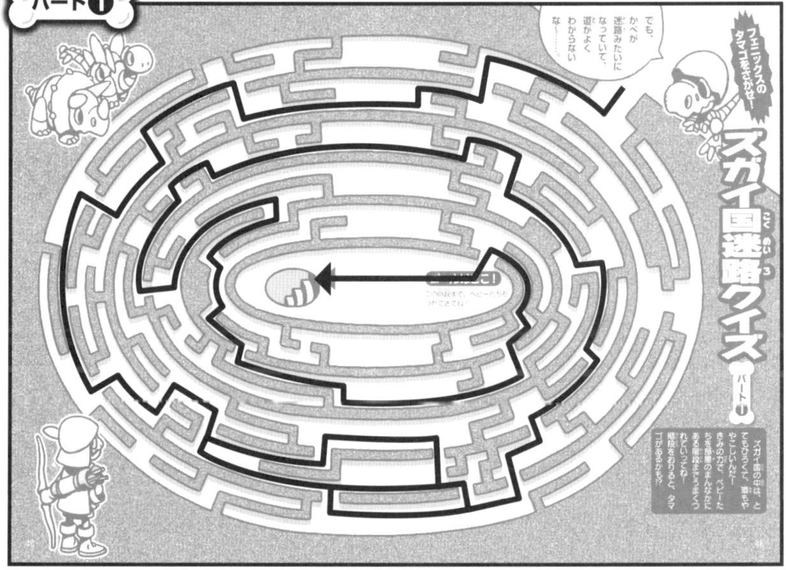

パート❷

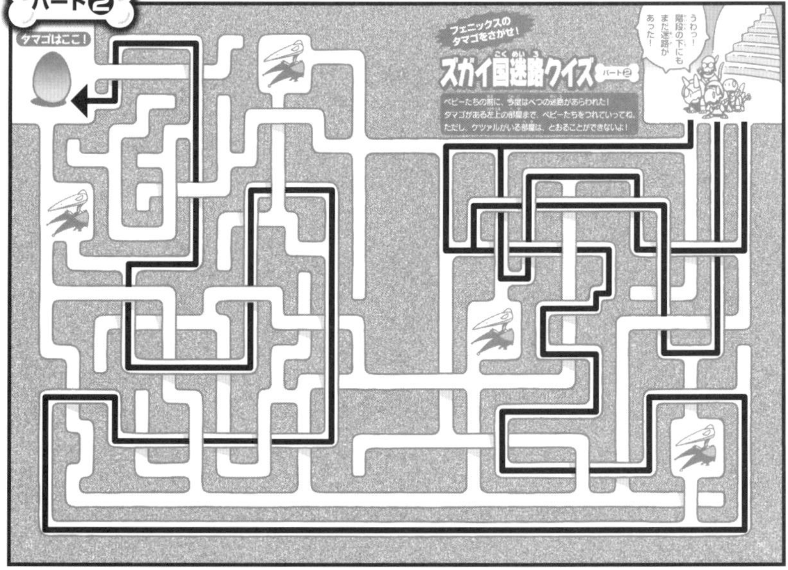

ほねほねザウルス

ティラノ・ベビー、おおそらをとぶ！

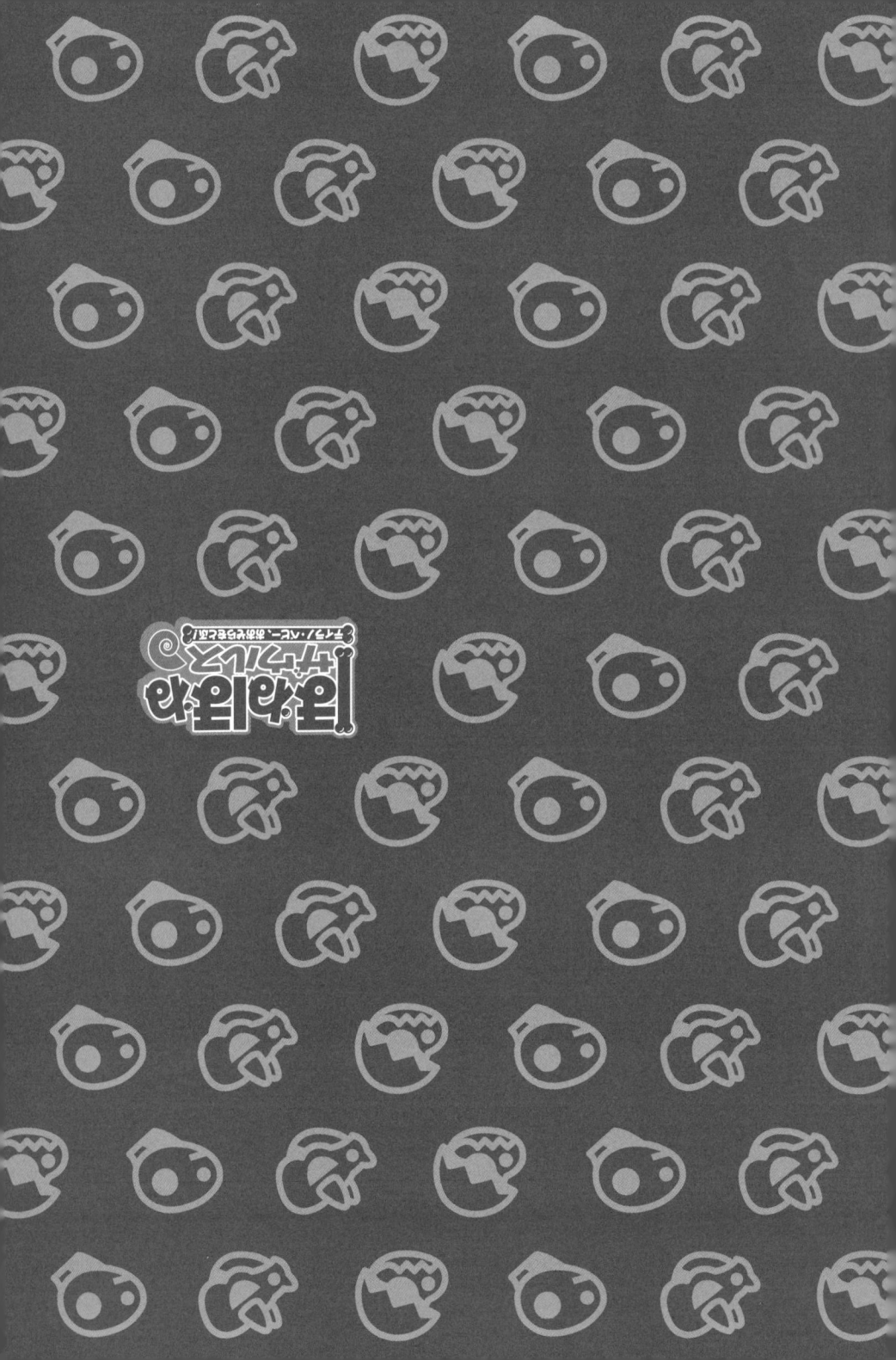